A MORTE DO EMBAIXADOR RUSSO

Paulo Valente

A MORTE DO EMBAIXADOR RUSSO

UM RELATO DE ESPIONAGEM NO BRASIL

1ª edição

EDITORA RECORD
RIO DE JANEIRO • SÃO PAULO
2023

CIP-BRASIL. CATALOGAÇÃO NA PUBLICAÇÃO
SINDICATO NACIONAL DOS EDITORES DE LIVROS, RJ

V25m   Valente, Paulo
        A morte do embaixador russo : um relato de espionagem no Brasil / Paulo Valente. - 1. ed. - Rio de Janeiro : Record, 2023.

        Inclui índice
        ISBN 978-65-5587-678-9

        1. Crise dos mísseis cubanos, 1962 - Ficção. 2. Ficção histórica brasileira. I. Título.

23-82430   CDD: 869.3
                          CDU: 82-3(81)

Gabriela Faray Ferreira Lopes - Bibliotecária - CRB-7/6643

Copyright © Paulo Valente, 2023

Texto revisado segundo o Acordo Ortográfico da Língua Portuguesa de 1990.

Todos os direitos reservados. Proibida a reprodução, no todo ou em parte, através de quaisquer meios. Os direitos morais do autor foram assegurados.

Direitos exclusivos desta edição adquiridos pela
EDITORA RECORD LTDA.
Rua Argentina, 171 – Rio de Janeiro, RJ – 20921-380 – Tel.: (21) 2585-2000.

Impresso no Brasil

ISBN 978-65-5587-678-9

Seja um leitor preferencial Record.
Cadastre-se no site www.record.com.br
e receba informações sobre nossos
lançamentos e nossas promoções.

Atendimento e venda direta ao leitor:
sac@record.com.br

Há um tempo para tudo, e uma estação para
cada propósito debaixo dos céus:
tempo de nascer e tempo de morrer,
tempo de plantar e tempo de arrancar,
tempo de matar e tempo de curar,
tempo de derrubar e tempo de construir,
tempo de espalhar pedras e tempo de juntá-las,
tempo de abraçar e tempo de abster-se de abraçar,
tempo de buscar e tempo de desistir,
tempo de calar e tempo de falar,
tempo de amar e tempo de odiar,
tempo de guerra e tempo de paz.

(*Eclesiastes*, 3)

DEDICATÓRIA

Ao piloto do U-2, major Rudolf Anderson Jr., que foi abatido em 27 de outubro de 1962, durante a crise dos mísseis cubanos; sua morte possivelmente salvou milhões de vidas.

Ao agente Valery L. Larskov, que colaborou para evitar o Brasil soviético.

Ao general Albino Silva, que ajudou, pelo Brasil, no desmonte do arsenal nuclear em Cuba.

AGRADECIMENTOS E DESAGRADECIMENTOS

Agradeço a John Fitzgerald Kennedy e a Nikita Kruschev pelo acordo que fizeram, impedindo a Terceira Guerra Mundial, em 1962.

Desagradeço a Vladimir Vladimirovitch Putin pela tentativa de iniciar a Terceira Guerra Mundial sessenta anos depois, em 2022.

SUMÁRIO

Prefácio: O Brasil e a bomba atômica,
por Rubens Ricupero   13

    I. A guerra nuclear   29
   II. A intervenção militar no Brasil   35
  III. A morte inesperada   41
  IV. A missão cumprida   53
   V. A longa preparação   57
  VI. A Guerra Fria   63
 VII. A base soviética no Brasil   83
VIII. A construção de alianças   89
  IX. A formação do agente   93
   X. A operação Anadyr-B   101
  XI. O plano abortado   107
 XII. O final da crise?   115

Posfácio   121
Cronologia   131
Glossário e índice onomástico   145

PREFÁCIO
O Brasil e a bomba atômica

Esta novela de Paulo Valente é original na literatura brasileira, não somente por ser uma trama de espionagem, campo escassamente frequentado por nossos ficcionistas e até agora quase reservado às desastrosas incursões de arapongas tupiniquins. A originalidade da trama, no entanto, não se esgota no gênero escolhido. Estende-se a outro domínio, o da ficção-realidade ou da reportagem-ficção, ao escolher uma história inserida numa crise geoestratégica real, a dos mísseis de Cuba. O contexto histórico relativamente recente acentua a dificuldade natural de toda obra literária ao acrescentar-lhe a necessidade da verossimilhança fiel aos acontecimentos ainda vivos, ao menos na memória de alguns. Como a maioria dos leitores atuais não viveu aqueles dias perigosos e deles possuem somente vaga noção, seria útil descrever a atmosfera em que se desenvolveu a crise, a qual, por sua vez, fornece os parâmetros da novela do desaparecimento do embaixador russo no Rio de Janeiro.

Muito mais do que *os treze dias que abalaram o mundo*, o episódio se prolongou por 35 dias entre 16 de outubro e 20 de novembro de 1962, época em que eu atuava como jovem diplomata no gabinete do ministro das Relações Exteriores em Brasília. Acompanhei de perto os desdobramentos dramáticos do confronto, o momento em que o mundo chegou mais perto de uma guerra nuclear, que teria provavelmente acarretado a destruição da civilização humana. O Brasil desempenhou papel de relativo protagonismo na questão em razão do ativismo da diplomacia brasileira de então, a chamada Política Externa Independente. Ela provinha do fugaz governo Jânio Quadros (31/1/1961-25/8/1961), tendo sido desenvolvida e aperfeiçoada sob o ministro Francisco San Tiago Dantas, ministro das Relações Exteriores do governo parlamentarista (7/9/1961-6/6/1962), chefiado por Tancredo Neves como primeiro-ministro, no começo da Presidência de João Goulart.

Brasília, a nova capital, havia sido inaugurada pouco antes, em 21 de abril de 1960. Tendo terminado meu curso no Instituto Rio Branco nesse ano, fui um dos primeiros e raros voluntários a servir numa Brasília distante e de vida difícil naqueles tempos de pioneirismo. Desse modo, tornei-me parte do minúsculo grupo de cinco ou seis diplomatas que representavam o Itamaraty na nova capital. Eu servia como oficial de gabinete do ministro Afonso Arinos de Melo Franco, chanceler de Jânio. O gabinete era chefiado pelo querido e saudoso embaixador Maury Gurgel Valente, ainda conselheiro, já reconhecido como um dos mais competentes e respeitados diplomatas de sua geração.

O ano de 1961 começou sob tensão crescente entre os Estados Unidos e o governo revolucionário cubano de Fidel Castro, que chegara ao poder no dia de Ano-Novo de 1959, após a vitória da insurreição contra o ditador Fulgencio Batista. A Revolução Cubana foi de início recebida no mundo e na América Latina com aprovação unânime, pois colocava fim a uma das mais execradas ditaduras da história da região. Julgava-se que ela restituiria a democracia a Cuba e, dentro do regime da lei, conduziria o povo cubano a um destino de progresso econômico e social. Aos poucos, contudo, o regime revolucionário foi se radicalizando, entrando em conflito com os norte-americanos. No final de sua administração, em janeiro de 1961, o presidente Eisenhower rompeu as relações com Cuba. Poucos meses depois, a CIA levaria adiante a operação clandestina conhecida como invasão da Baía dos Porcos ou Praia Girón, preparada pelo governo Eisenhower e relutantemente aprovada pelo governo John Kennedy.

Foi nessa ocasião que tive meu primeiro envolvimento pessoal com o problema cubano. Eu me encontrava de plantão em Brasília na noite de 17 de abril de 1961 e na madrugada de 18, quando teve início o desembarque dos emigrados cubanos apoiados pela agência secreta norte-americana. Passei horas da noite e da madrugada decifrando os telegramas secretos que deviam ser entregues de imediato ao presidente Jânio Quadros. A Embaixada brasileira na Guatemala, em particular, descrevia com detalhes precisos a operação clandestina, fornecendo pormenores impressionantes sobre o número e as características das embarcações que conduziam os exilados cubanos (o outro ponto de partida tinha sido a Nicarágua).

Mal concebida e ainda mais mal preparada, a invasão se revelou um fiasco que durou somente 72 horas. Frente à resistência imprevista, os invasores só teriam alguma chance de sobreviver se recebessem cobertura aérea maciça e talvez até intervenção direta de tropas do governo norte-americano. Kennedy, que sempre tivera dúvidas sobre as possibilidades de êxito da aventura, recusou-se a fornecer esse apoio, o que tornou inevitável a rendição dos invasores. Uma das consequências do fracasso da operação se refletiu no aumento da dependência cubana à proteção militar soviética. Com o objetivo de evitar nova invasão dos Estados Unidos, Fidel Castro e o líder soviético Nikita Kruschev decidiram estacionar na ilha mísseis com ogivas nucleares. Tomada a decisão, a construção das bases com instalações para os mísseis começou logo depois.

A MORTE DO EMBAIXADOR RUSSO

Em meados de outubro de 1962, fotografias tiradas por aviões de espionagem do tipo U-2 confirmaram o estado avançado das construções e a presença já de alguns foguetes. Alertado, o presidente Kennedy reuniu um grupo de assessores e, no dia 22 de outubro, revelou em discurso à nação e ao mundo que decretava uma "quarentena" naval para impedir que naves russas chegassem a Cuba com armas adicionais. O nome "quarentena" foi escolhido a dedo a fim de evitar o uso da palavra "bloqueio naval", que seria considerado um ato de guerra. Kennedy anunciou publicamente que não permitiria a entrega de armas nucleares e mísseis soviéticos e exigiu, ao mesmo tempo, que fossem desmantelados e devolvidos à União Soviética os armamentos já instalados.

Depois de alguns dias de negociações de extrema tensão, enquanto os navios russos prosseguiam seu rumo para Cuba, Kennedy e Kruschev conseguiram, na última hora, um acordo para evitar a confrontação (28 de outubro). Os soviéticos aceitaram desmantelar e levar de volta à URSS as armas ofensivas já montadas, mediante verificação da ONU e, em troca, os Estados Unidos fariam uma declaração pública assumindo o compromisso de não invadir Cuba. Chegou-se também a um acordo secreto pelo qual os Estados Unidos se comprometiam a desmontar os foguetes Júpiter instalados na Turquia e direcionados contra alvos soviéticos. Uma vez completada a operação de retirada de todos os mísseis — bem como de aviões bombardeiros soviéticos — da ilha, os americanos proclamaram, em 20 de novembro de 1962, o fim da quarentena. Decidiu-se igualmente instalar um telefone para comunicação direta entre os dois líderes, o chamado "telefone vermelho". Após 35 dias em que o mundo esteve a um passo do aniquilamento atômico, o entendimento final abriu caminho a uma fase de distensão entre as duas superpotências, que conduziria à negociação e assinatura de vários acordos importantes de redução e limitação de armas atômicas.

Esse é o contexto, em linhas gerais, dentro do qual se situa a novela sobre a morte do embaixador soviético no Rio de Janeiro, ocorrida nos primeiros dias da crise dos mísseis, que se delineava nas águas caribenhas. Mas, afinal, o que tinha o Brasil a ver com essa crise, se o país não era potência nuclear nem tinha condições de agir militarmente na situação? De fato, em condições normais, dificilmente o nosso ou qualquer outro país teria possibilidade de desempenhar papel de algum realce num confronto direto entre as duas superpotências. Tanto isso é verdade que nenhuma terceira potência, nem mesmo as nucleares, tiveram peso numa crise da qual dependia a sobrevivência dos dois grandes, que, em tais matérias, não admitem interferência de ninguém de fora.

Nesse caso específico, houve, todavia, circunstâncias especiais que possibilitaram ao governo brasileiro tomar iniciativas que não foram inúteis nem insignificantes em relação ao desfecho pacífico. A principal consistiu no fato de que essa crise — ao contrário de quase todas as demais da Guerra Fria, que tinham por palco Berlim, a Alemanha, a Europa Central e Oriental, a Ásia, o Meio-Oriente — aconteceu relativamente perto de nós, no hemisfério ocidental, em Cuba, país latino-americano. O Brasil, que na época cultivava política externa ambiciosa e ativa, tinha se convertido, naquele momento avançado de 1962, num dos raros países da região que não haviam rompido relações diplomáticas com Havana. A tendência continuaria nos meses seguintes, e houve um momento, pouco antes do golpe militar de 1964, em que a Embaixada brasileira era uma das últimas missões diplomáticas que mantinham a presença da América Latina na capital cubana.

Ademais, a orientação de esquerda ou nacionalista do governo Goulart, a circunstância de que muitos de seus quadros eram pessoas ideologicamente próximas às posições cubanas, criava afinidades e simpatias com o governo de Fidel Castro. Como o Brasil mantinha igualmente relações com os Estados Unidos e tinha em Washington, na pessoa de Roberto de Oliveira Campos, um embaixador particularmente respeitado e escutado pelo círculo íntimo do presidente Kennedy, estavam dadas as condições propícias para que nosso país pudesse servir de ponte entre Washington e Havana.

Efetivamente, essas circunstâncias explicam o papel de relativo destaque assumido pela diplomacia brasileira na fase mais perigosa da crise, entre os dias 26 e 30 de outubro. Além do Brasil, somente o secretário-geral da ONU, U Thant, esteve envolvido nas gestões que se realizaram em Havana durante esses dias junto a Fidel Castro. Nessas horas de intensa e frenética atividade, desenrolaram-se dois processos paralelos: o primeiro e decisivo consistiu nos contatos diretos, sem intermediários, entre as duas superpotências, Estados Unidos e União Soviética, sobretudo por meio do procurador-geral Robert Kennedy e o embaixador soviético Anatoly Dobrynin, e através de mensagens entre o presidente norte-americano e o máximo dirigente da URSS. Foram as negociações conduzidas por esses canais que permitiram o acordo final entre Washington e Moscou no dia 28 de outubro, sem nenhuma consulta ou informação prévia a Fidel Castro.

Ao mesmo tempo, desdobraram-se as gestões menos vitais, mas igualmente úteis, conduzidas pelo enviado pessoal do presidente João Goulart, general Albino Silva, chefe da Casa Militar, e pelo secretário-geral da ONU na capital cubana, com a intenção de persuadir Fidel a suspender as obras das bases dos mísseis e permitir sua inspeção pelas Nações Unidas, a fim de evitar um ataque norte-americano. A decisão de enviar o emissário brasileiro havia sido tomada em parte para atender a um pedido explícito do governo norte-americano, sabedor do bom relacionamento do Brasil com Castro. Nosso emissário desembarcou em Havana na noite do domingo, dia 28 de outubro, e se reuniu imediatamente com Fidel.

Como frequentemente acontece em crises graves, diversas iniciativas foram conduzidas, todas com o mesmo objetivo de uma solução negociada e pacífica. No caso específico, foram três esses esforços: os contatos diretos EUA-URSS, os do Brasil e os da ONU. No momento em que o processo principal teve êxito, os demais passaram a contribuir para facilitar a implementação do acordo e sua aceitação por Fidel Castro, que se sentiu traído pela decisão unilateral de Nikita Kruschev. Os cubanos chegaram a organizar manifestações em praça pública, nas quais os participantes gritavam: *"Nikita, Nikita, lo que se da, no se quita!"* Seja como for, coube ao Brasil, graças ao relacionamento de confiança que mantinha com o dirigente cubano, assumir posição ativa na busca do entendimento que poupou ao mundo o Armagedom nuclear que teria custado a vida a centenas de milhões de seres humanos.

Sem mais delongas, convido o leitor a saborear como os misteriosos acontecimentos no mar revolto da Barra da Tijuca se relacionam com o drama que naquelas horas começava a se desenrolar no tempestuoso mar do Caribe!

RUBENS RICUPERO

Nasceu em São Paulo (SP), em 1937. É professor, diplomata de carreira e escritor. Foi embaixador do Brasil em Washington (1991-1993) e em Roma (1995), ministro da Fazenda (1994) e do Meio Ambiente e da Amazônia Legal (1993-1994), tendo ainda ocupado por dois mandatos o cargo de secretário-geral da Conferência das Nações Unidas sobre Comércio e Desenvolvimento (UNCTAD) e de subsecretário-geral da ONU (1995-2004).

ADVERTÊNCIA

Esta é uma obra de ficção e de não ficção. Alguns nomes, personagens, lugares e incidentes são produto da imaginação do autor ou são usados de forma fictícia. Qualquer semelhança com pessoas reais, vivas ou mortas, eventos ou locais não é, entretanto, mera coincidência.

CAPÍTULO I
A guerra nuclear

Quando o advogado Fidel Alejandro Castro Ruz assume o poder em Cuba, pela força das armas, em 1º de janeiro de 1959, nada indicava sua futura tendência ideológica, já que estava depondo o ditador Fulgencio Batista y Zaldívar, conhecido como governante tirânico, corrupto e repressor. Batista vinha sendo apoiado pelos Estados Unidos, mas não de forma unânime, graças às suas posições favoráveis aos negócios americanos na ilha.

Não obstante, o jornalista francês Jean Daniel Bensaïd anotou em sua entrevista a declaração do presidente John F. Kennedy, em retrospectiva, em outubro de 1963: "Acredito que não há país no mundo, incluindo a África e todas as nações sob domínio colonial, onde a colonização econômica, a humilhação e a exploração tenham sido piores do que em Cuba, em parte devido à política americana durante o regime Batista... Eu aprovei a proclamação de Fidel Castro em Sierra Maestra, quando ele, de modo justificado, clamou por justiça e especialmente desejou livrar Cuba da corrupção... Em relação ao regime Batista, estou de acordo com os primeiros revolucionários cubanos, que isto fique claro."

Quase dois anos depois da tomada de poder por Fidel Castro, em dezembro de 1960, o mundo passa a saber que Cuba declara seu alinhamento à União Soviética, com a perigosa distância de 100 milhas (o correspondente a cerca de 160 quilômetros) da Flórida, em movimento que poderia encerrar o período de Guerra Fria de forma dramática, com um confronto de proporções nucleares.

No mês seguinte, em janeiro de 1961, os Estados Unidos rompem relações diplomáticas com Cuba e em abril um grupo de exilados cubanos, com apoio dos Estados Unidos, invade a Baía dos Porcos, em atentado frustrado.

A GUERRA NUCLEAR

Em agosto de 1962, o senador oposicionista Kenneth Keating afirma no Senado americano que há evidências da existência de instalações de mísseis soviéticos em Cuba, o que requer uma intervenção militar com a URSS.

De posse das fotografias dos mísseis tiradas por um avião militar americano U-2, voando sobre a parte ocidental de Cuba, o presidente John F. Kennedy, segundo os registros de gravações da Casa Branca, foi pressionado pelo chefe do Estado-Maior, general Maxwell Taylor, com concordância unânime do exército, marinha e aeronáutica de que um ataque militar seria essencial: o plano previa a destruição de todos os postos de lançamento de mísseis, aeroportos civis e militares e de todas as instalações militares, com a invasão da ilha. Poucos dias depois, o ministro das Relações Exteriores, Andrei Gromyko, afirma que um ataque a Cuba será uma declaração de guerra, assegurando a Kennedy que a ajuda soviética a Cuba teve como objetivo apenas aumentar sua capacidade de defesa.

Em 22 de outubro, Kennedy faz discurso à nação, dando ordens para que as Forças Armadas americanas entrem no estado de alerta 3, significando a possibilidade da mobilização da Força Aérea em quinze minutos.

Dois dias depois, a frota marítima soviética que navegava em direção a Cuba reverteu seu curso, ao menos de uma das suas embarcações, e os Estados Unidos reagem declarando estado de alerta 2, representativo de uma guerra nuclear iminente.

Em 26 de outubro, Kruschev envia carta a Kennedy propondo remover mísseis se os Estados Unidos anunciarem publicamente que nunca invadirão Cuba.

Em 28 de outubro, Kruschev afirma através da Rádio Moscou que a URSS concordou em retirar os mísseis de Cuba, com a contrapartida dos Estados Unidos em retirar os mísseis nucleares americanos da base militar da Turquia, o que encerrou a crise dos mísseis.

CAPÍTULO II
A intervenção militar no Brasil

No final de semana de 28 e 29 de julho de 1962, Robert I. Bouck, agente do Serviço Secreto dos Estados Unidos, devidamente autorizado, instalou um sistema de gravações das conversas presidenciais na Casa Branca, enquanto o presidente Kennedy descansava com a família em Hyannis Port, Massachussets, praia de veraneio da elite americana.

A primeira gravação veio a ser a audiência de Kennedy a Lincoln Gordon, embaixador no Brasil, registrada como Fita 1 (Tape 1), da John F. Kennedy Library, Coleção de Gravações Presidenciais (Presidential Recordings Collection), na segunda-feira 30 de julho, de 11:52 am até 12:20 pm.

Kennedy e Gordon, junto com McGeorge Bundy, conselheiro de Segurança Nacional dos Estados

Unidos, e Richard Goodwin, assessor presidencial, discutiram a política externa independente do presidente João Goulart, especialmente sobre seu estreito relacionamento com Fidel Castro. Na conferência de Punta del Este, Uruguai, o ministro das Relações Exteriores do Brasil, San Tiago Dantas, tinha liderado a oposição às sanções econômicas contra Cuba, além de defender as encampações unilaterais de subsidiárias das empresas americanas International Telephone and Telegraph (ITT) e American & Foreign Power Company (AMFORP) por Leonel Brizola, governador do Rio Grande do Sul e cunhado de Goulart, tema que revoltava a comunidade empresarial americana.

A expropriação das empresas americanas por Brizola provocou grande indignação no Congresso norte-americano, que aprovou uma emenda constitucional — conhecida como Emenda Hickenlooper — pela qual os Estados Unidos não fariam empréstimos às nações que tivessem encampado empresas americanas, sem compensação considerada justa.

Kennedy externou grande incômodo com a posição brasileira na crise dos mísseis de Cuba, ainda mais pela doação de uma estação geradora de energia elétrica movida a óleo diesel que Goulart enviou pela FAB aos cubanos. Das gravações da Casa Branca, extrai-se o seguinte diálogo:

> Kennedy: *Não há nada que eu possa fazer sobre o assunto, com Goulart no posto?*
>
> Gordon: *Bem, acho que sim. Penso que este é o ponto estratégico geral. Gostaria que ficasse atento a uma coisa: a possibilidade de uma ação militar.*

CAPÍTULO III
A morte inesperada

No Brasil, O *Globo* noticiou na primeira página da edição vespertina da segunda-feira, 22 de outubro de 1962, o afogamento do embaixador da União Soviética na Barra da Tijuca, Rio de Janeiro:

> **O EMBAIXADOR RUSSO MORREU AFOGADO NA BARRA DA TIJUCA**
>
> O embaixador da URSS no Brasil, sr. Ilya Tchernyschov e seu assistente particular, Valery L. Larskov, morreram afogados pouco depois do meio-dia de ontem, quando toma-

vam banho de mar na Barra da Tijuca, área de 2 quilômetros além do posto de salvamento. No local, o mar é sempre perigoso e raramente frequentado por banhistas. Em todos os postos de salvamento estava içada, ontem, a bandeira vermelha.

O embaixador Tchernyschov, que tinha na natação seu esporte preferido, entrara no mar juntamente com Larskov e outro funcionário da Embaixada, Vladislaw Tchirkov. Poucas braçadas depois, pedira socorro aos dois companheiros que tentaram em vão aproximar-se dele. Larskov desapareceu, não tendo seu corpo sido encontrado nas buscas efetuadas logo depois do acidente. Tchirkov conseguiu chegar à praia, exausto.

Na arrebentação

O acidente ocorreu entre 12 horas e 12h30. Do grupo faziam parte outras pessoas da

Embaixada, entre as quais duas senhoras. Pessoas que passavam de automóvel no local pediram socorro no posto de salvamento e os guarda-vidas Sérgio José Maria e Osvaldo Batista lançaram-se imediatamente no mar, encontrando o corpo do embaixador, emborcado e flutuando na arrebentação. Já estava morto. O óbito foi constatado oficialmente quando o corpo já havia sido conduzido à praia, pelo médico Rubens Chiconelli, plantonista do Hospital Dispensário Lourenço Jorge, situado nas proximidades.

Região deserta
Eram 12h30, quando o inspetor Sebastião Sousa Santos, de serviço no posto de salvamento, no Posto 6, recebeu, por telefone, aviso do acidente. Saiu imediatamente na lancha L-20, com o mestre Armando e o inspetor Porfírio, que chegou na região do acidente em

quinze minutos, dando sucessivas buscas, à procura do corpo de Larskov, sem resultado.

Também esteve no local o médico Carlos Eugênio Delamare Araújo, assistente do diretor do serviço de salvamento, sr. Durval Viana. Os dois guarda-vidas afirmaram-nos que o lugar escolhido para o banho de mar pelos diplomatas nunca é frequentado por ser conhecida a sua periculosidade, mesmo nos dias em que o banho é permitido.

Costumavam ir lá

Garçons da Churrascaria Corsário, situada bem em frente do local do acidente, informaram-nos que os russos costumavam ir lá e depois almoçar no restaurante. O detetive Gabriel, chefe do posto policial da Barra da Tijuca, também disse que os membros da Embaixada soviética eram frequentemente vistos, quase todos os domingos, nas imediações do local onde se deu o acidente.

Já o *Jornal do Brasil* do dia seguinte, terça-feira, 23 de outubro de 1962, publica reportagem informando que o embaixador soviético não teria morrido afogado, mas de colapso cardíaco.

> ## AUTÓPSIA MOSTROU QUE EMBAIXADOR NÃO MORREU AFOGADO, MAS SIM DE COLAPSO
>
> O embaixador da URSS no Brasil, sr. Ilya Tchernyschov, não morreu afogado, mas sim de uma síncope cardíaca que o acometeu quando tomava banho na Barra da Tijuca, foi o que informou o ministro conselheiro Andrei Fomin. Encarregado de negócios da União Soviética, baseado nos resultados da autópsia, feita pelo Instituto Médico Legal.
>
> O corpo do embaixador Tchernyschov esteve exposto à visitação pública, ontem, na sede da Embaixada soviética, das 14h30 às

17 horas, tendo sido visitado por numerosas pessoas, inclusive o presidente João Goulart, o primeiro-ministro Hermes Lima, o ministro do Trabalho, sr. João Pinheiro Neto, o ex-ministro San Tiago Dantas e o escritor Jorge Amado.

Não foi surpresa

A revelação de que o embaixador não morreu de afogamento não foi recebida com surpresa pelos funcionários da Embaixada soviética, pois anteriormente já fora acometido de crises cardíacas.

As pessoas mais próximas ao sr. Tchernyschov consideravam mesmo difícil que ele, sendo grande esportista e exímio nadador, tivesse sido arrastado pelas ondas.

O cadáver do embaixador foi autopsiado pelo legista Mário Martins Rodrigues, do Instituto Médico Legal. O sr. Andrei Fomin, encarregado de negócios, foi quem assinou o termo oficial de reconhecimento do corpo.

A visitação

A Embaixada soviética abriu ao público as portas de sua sede, na rua Dona Mariana, 41, em Botafogo. O esquife foi colocado no centro da sala principal, cujas janelas se mantiveram fechadas, estando coberto pela bandeira soviética.

Não se viam velas nem foram realizados quaisquer atos litúrgicos, tendo um funcionário explicado que, se o embaixador fosse religioso, tais cerimônias se teriam celebrado, mas fora da Embaixada. Ouvia-se música fúnebre, em gravações.

Durante todo o tempo em que o cadáver esteve exposto à visitação pública, teve sempre ao seu lado, como guardas de honra, quatro funcionários soviéticos, dois homens e duas mulheres, dispostos dois a dois, dos lados do esquife.

Presentes e coroas

Estiveram ainda presentes à visitação do corpo do embaixador Tchernyschov, entre outras pessoas, os srs. Dante Pelacani, diretor do Departamento Nacional de Previdência Social, José Guimarães, diretor da Agência Nacional, e o sr. Armando Ventura representando o Governador Lopo Coelho.

Numerosos representantes diplomáticos de outros países também estiveram presentes. O embaixador dos Estados Unidos, sr. Lincoln Gordon, enviou como seu representante Jack Kubich.

Entre várias coroas destacava-se uma, toda em lírios, lendo os dizeres "Saudades de Murtinho Machado". A Presidência da República, o Itamaraty e várias outras repartições enviaram coroas, bem como todas as embaixadas sediadas no Rio. Também havia coroas do sr. Luís Carlos Prestes, do Centro Cultural URSS de São Paulo, da Sociedade Cultural Sino-Brasileira. A coroa enviada pelos comunistas, colocada ao lado do esquife, dizia: "Sentidas homenagens dos comunistas brasileiros."

Foi grande o número de populares presentes à visitação. Segundo informou o sr. Andrei Fomin, que ficará como encarregado de negócios até que o Governo Soviético envie novo embaixador ao Brasil, o corpo do sr. Ilya Tchernyschov será enviado para Moscou hoje ou amanhã em avião especial da URSS, que está sendo esperado a qualquer momento.

O embaixador terá as honras de Estado, durante todo o translado, segundo informou o Itamaraty.

A sra. Tchernyschov, que é funcionária do Ministério do Comércio Exterior da URSS, não se encontra no Rio, pois viajou para a União Soviética há três semanas.

O sr. Valery Larskov, assistente do embaixador, afogou-se ao tentar socorrê-lo. O acidente ocorreu entre as 12 horas e 12h30 de domingo, mas até ontem à tarde, apesar das incessantes buscas do Serviço de Salvamento, seu corpo não havia sido encontrado.

O Chefe do Posto de Polícia da Barra da Tijuca, Detetive Gabriel, bem como os garçons da Churrascaria Corsário, situada nas proximidades do local do acidente, disseram que o pessoal da Embaixada soviética frequentava habitualmente aquele trecho da praia, embora ali o mar seja sempre perigoso.

CAPÍTULO IV
A missão cumprida

Depois de assegurar que o embaixador Tchernyschov tinha efetivamente morrido, Valery Larskov nadou trinta minutos seguidos, na direção sul, tomando ar nas quantidades mínimas possíveis, para evitar que fosse notado. Naquelas condições de mar revolto de um domingo de chuva, seria, entretanto, pouco provável. Atrás da Ilha das Palmas, a poucas milhas da praia, aguardava a traineira São Sebastião, com três marinheiros a bordo.

A pílula de cloreto de potássio concentrado, que Larskov ministrou ao embaixador Tchernyschov, teve o efeito desejado em quinze minutos depois de deglutida, pouco antes de deixarem a praia para enfrentar o mar bravio. Para Larskov, que administrava regularmente a medicação do diplomata, a troca do Isordil do meio-dia pelo cloreto de potássio passou despercebida ao embaixador. A morte por parada cardíaca, pela despolarização e repolarização da célula cardíaca, era inevitável.

Assim que subiu a bordo, Larskov virou um pequeno copo de vodca para afastar o frio, relaxar e celebrar o feito. A embarcação seguiu seu caminho para a Ilha do Governador, na Baía de Guanabara, onde ficava o aeroporto do Galeão. Não havia grande pressa, pois o DC-8 da Pan American Airways para Washington, com escala em Miami, somente decolaria às 21 horas.

CAPÍTULO V
A longa preparação

A família Larskov morava, por incontáveis gerações, nos arredores de Simferopol, na Crimeia, mais de 1.500 quilômetros ao sul de Moscou e praticamente mergulhada no mar Negro.

A segunda grande leva de imigrantes da Crimeia estava diretamente relacionada à Revolução Bolchevique e à guerra civil que se seguiu. Mais de 2 milhões de pessoas fugiram entre 1920 e 1922, contando soldados desmobilizados de exércitos anticomunistas, aristocratas, clero ortodoxo, profissionais liberais, empresários, artistas, intelectuais e camponeses, todos tendo em comum o ódio aos "vermelhos".

A maioria foi inicialmente para a Turquia, e depois para a Iugoslávia, Bulgária, Alemanha e França.

Cerca de 30 mil foram para os Estados Unidos, entrando principalmente pelo porto de Nova York.

Tania e Boris Larskov estavam direcionados ao condado de Lackawanna, na Pensilvânia, onde havia uma longa tradição de recepção pela comunidade local e, inclusive, escolas com aulas em russo, idioma predominante em mais de dois terços da população da Crimeia. Aprender inglês não era fácil e assim a maioria dos imigrantes permaneceu fiel às origens, não sendo obrigatório o ensino do inglês para os mais velhos.

Tania embarcou em Istambul grávida de quatro meses, e o casal já tinha combinado que seu primeiro filho seria batizado de Valery (Валерий), a forma russa do nome latino *Valerius*, com o significado de saudável e forte, pois era tudo o que os Larskov desejavam, além de um futuro de paz na nova terra.

Em junho de 1940, Valery L. Larskov apresentou-se, com 18 anos incompletos, ao posto de recrutamento militar de Nova York, cuja agência principal ficava no Army Building, Whitehall Street, 39. A triagem foi relativamente rápida e seu bom desem-

A LONGA PREPARAÇÃO

penho nos testes o levou a ser admitido no Corpo de Fuzileiros Navais dos Estados Unidos.

Com a declaração de guerra dos Estados Unidos contra os alemães, Larskov embarcou em 1942 para a Europa, tendo composto o esquadrão inicial que invadiu a França pela praia de Omaha, na Normandia, em junho de 1944. Em junho de 1945, um mês após o final do conflito na frente europeia, retorna à Pensilvânia, como herói de guerra, à procura de nova ocupação, como milhares de veteranos.

As autoridades de inteligência dos EUA já estavam à procura de pessoal que falasse russo nativo para missões na União Soviética, e chegar a Larskov pelo cadastro de retornados da Europa não foi difícil, graças aos recursos de informática da International Business Machines Corporation (IBM), grande colaboradora do governo.

CAPÍTULO VI
A Guerra Fria

1. *Correio da Manhã*, 9 de janeiro de 1959.
Correio da Manhã. Acervo Fundação Biblioteca Nacional (Brasil)

2. Fidel Castro é recebido em Havana (1959).
Luciano Carneiro/O Cruzeiro/EM/D.A Press

3. Os líderes da Revolução Cubana, Fidel Castro e Ernesto Che Guevara, ao lado de outros chefes rebeldes.
Arquivo/CB/D.A Press

4. Debate na Organização das Nações Unidas
em 25 de outubro de 1962.
The National Security Archive

5. Posição dos mísseis soviéticos em Cuba.
United States. Department of Defense/John F. Kennedy Presidential Library and Museum, Boston. The National Security Archive

6. Jornal *Última Hora*, 26 de outubro de 1962.
Jornal *Última Hora*. Acervo Fundação Biblioteca Nacional (Brasil)

7. Mísseis sendo retirados de Cuba pelos soviéticos.
The National Security Archive

8. Casa Branca.
Cecil Stoughton. White House Photographs. John F. Kennedy Presidential Library and Museum, Boston

9. Desfile de mísseis soviéticos em Moscou.
Unknown photographer. Papers of John F. Kennedy. Presidential Papers. National Security Files. John F. Kennedy Presidential Library and Museum, Boston

10. Nikita Kruschev e John F. Kennedy se cumprimentando.
Stanley Tretick/National Archives Catalog

11. Fidel Castro, líder da Revolução Cubana, e o então supremo líder soviético, Nikita Kruschev (1962).
Arquivo O Cruzeiro/EM/ D.A Press

12. *O Globo*, em 22 de outubro de 1962, noticia o afogamento do embaixador da União Soviética, Ilya Tchernyschov.
Capa do jornal O *Globo*

13. Barra da Tijuca no final dos anos 1960.
Arquivo/Agência O Globo

14. Velório do embaixador Ilya Tchernyschov em 22 de outubro de 1962.
Folhapress

15. *Jornal do Brasil*, 23 de outubro de 1962 – dia seguinte à morte do embaixador.
CPDOC Jornal do Brasil. Acervo Fundação Biblioteca Nacional (Brasil)

16. Ilha das Peças e Ilha das Palmas, Barra da Tijuca.
Ewerton Oliveira de Almeida/@Resolvi Registrar

17. Mapa da Barra da Tijuca.
Acervo Arquivo Nacional

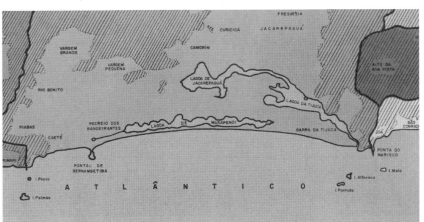

18. Conferência dos Três Grandes, em Yalta, Crimeia, em fevereiro de 1945, que articula as ações finais para a derrota da Alemanha. Sentados, da esquerda para a direita, o primeiro-ministro Winston S. Churchill, o presidente Franklin D. Roosevelt e o primeiro-ministro Josef Stalin.
National Archives Catalog

19. Mapa da Crimeia, terra natal da família Larskov.
Wikimedia Commons

20. John F. Kennedy, presidente dos Estados Unidos, cumprimenta o presidente do Brasil João Goulart em 4 de abril de 1962.

Abbie Rowe. White House Photographs. John F. Kennedy Presidential Library and Museum, Boston

21. O presidente João Goulart e o embaixador norte-americano Lincoln Gordon, no Salão Luís XIV, Palácio das Laranjeiras, Rio de Janeiro.
Acervo Arquivo Nacional

22. Roberto Campos e Lincoln Gordon.
Arquivo JCom/D.A Press

23. Aeroporto do Galeão, local de embarque da comitiva cubana após a conferência no Rio de Janeiro em 27 de novembro de 1962.
Acervo Arquivo Nacional

24. *Diário Carioca*, 28 de novembro de 1962.
Diário Carioca. Acervo Fundação Biblioteca Nacional (Brasil)

25. O deputado Francisco Julião discursa para integrantes das Ligas Camponesas.
Hélio Passos/O Cruzeiro/EM/D.A Press

26. General Albino Silva.
Stuckert/Arquivo Evandro Lins e
Silva, FGV CPDOC, ELS foto D73-5

Considerando a derrota da Alemanha na Segunda Guerra como muito provável, já em fevereiro de 1945, realizou-se uma conferência em Yalta, na Criméia, presentes Franklin D. Roosevelt, pelos Estados Unidos, Winston Churchill, pela Inglaterra, e Josef Stalin, pela União Soviética, cujos entendimentos resultaram nos planos da divisão da Europa no pós--guerra, quando se desse a rendição germânica.

O último capítulo da destruição do Terceiro Reich ocorreu no final de abril de 1945, quando Stalin enviou 20 exércitos, 6.300 tanques e 8.500 aviões para capturar Berlim. Pelo acordo assinado em Yalta, os exércitos aliados americanos, ingleses e canadenses interromperam seus avanços a 100 quilômetros da cidade, para deixar os soviéticos tomarem a dianteira. O exército soviético sitiou os nazistas, apertando o cerco em torno dos últimos soldados alemães, até finalmente chegar à chancelaria no centro da cidade. Em seus últimos momentos, o Führer procedeu à cerimônia de seu casamento com sua amante Eva Braun, seguido do suicídio conjunto do casal, com pílulas de cianeto de hidrogênio e tiros de sua própria pistola Walther PPK 7.65.

Tinha se iniciado a Guerra Fria, como posteriormente ficou conhecido o estado de quase beligerância que dividiu o mundo a partir de 1945, no bloco sob a liderança dos Estados Unidos e Inglaterra e a "cortina de ferro" que cercava o grupo soviético e seus países-satélites.

A Guerra Fria quase termina em conflito de fato em outubro de 1962, mês do clímax da crise dos mísseis soviéticos em Cuba.

CAPÍTULO VII
A base soviética no Brasil

Ilya Tchernyschov nasceu em agosto de 1912 em Bisqueque, no Quirguistão, posteriormente integrante da União Soviética. A família, antes da Revolução de 1917, era pequena proprietária de terras, com produção de batatas e beterrabas, mas conseguiu manter-se no regime comunista admitindo outros camponeses em regime cooperado, praticamente uma exceção tolerada pela ala conservadora do partido local. Ilya foi educado em casa por tutores particulares até os 10 anos de idade e depois no melhor colégio da cidade, sendo convocado em 1928 para o serviço militar. Dois anos mais tarde, com vocação intelectual, foi transferido para Moscou, alocado na Secretaria Geral do partido, onde foi galgando novas posições na hierarquia dos funcionários.

Em fevereiro de 1956, Tchernyschov teve a oportunidade e a grande honra de servir ao secretário-geral do Partido, Nikita Kruschev, durante o XX Congresso do Partido Comunista, que ficou marcado pela acusação a Josef Stalin pelo genocídio dos anos 1930. Em 1958, Kruschev substituiu Nikolai Bulganin como primeiro-ministro da União Soviética, indicando Tchernyschov como vice-presidente do Comitê Estatal de Rádio e TV da URSS. Em 1960, Tchernyschov acompanhou Kruschev à Assembleia Geral da ONU, quando ocorreu o pitoresco incidente do sapato sendo brandido no plenário. Tchernyschov foi promovido a embaixador em Estocolmo, antes de ser designado para o posto no Rio de Janeiro em fevereiro de 1962; nesta época, a União Soviética já tinha iniciado os embarques dos mísseis para Cuba, fato que viria a se tornar o estopim da maior crise no pós-guerra.

Parte dos mísseis montados em Havana seriam instalados em Cuba, e parte estava planejada, em

A BASE SOVIÉTICA NO BRASIL

plano jamais descoberto pelos meios de comunicação, para ser instalada numa região controlada por Francisco Julião, chefe das Ligas Camponesas, no estado de Pernambuco, Nordeste do Brasil, em panorama ambivalente entre o apoio americano e a sedução do bloco soviético.

CAPÍTULO VIII
A construção de alianças

O correspondente do *New York Times* no Rio de Janeiro, Tad Szulc, passou um telegrama noticioso, que foi publicado na edição de 23 de janeiro de 1961, reportando seu encontro com Francisco Julião. Julião teria chegado a um acordo com o então vice-presidente João Goulart para a criação de um partido de esquerda congregando camponeses e operários, uma união do Partido Trabalhista com o Partido Socialista, para exercer pressão contra o governo do presidente eleito Jânio Quadros, que tomava posse na semana seguinte.

Julião indicou que o Partido Comunista Brasileiro, oficialmente ilegal, porém clandestinamente ativo, dando suporte às Ligas Camponesas, participaria do bloco oposicionista. O acordo foi alcançado em Moscou, em dezembro do ano anterior, quando Goulart visitava a União Soviética e Julião, de passagem pela capital soviética, retornava de uma viagem de um mês à China comunista.

Julião esteve reunido tanto em Moscou quanto em Pequim com o major Ernesto "Che" Guevara, revolucionário de primeira hora e então presidente do Banco Nacional de Cuba, e acertou a aliança para lançar uma revolução socialista pelo Nordeste brasileiro.

À reunião esteve presente o eminente Luís Carlos Prestes, cujas tentativas de tomar o poder, pelo voto ou pela força, já completavam décadas após seu treinamento na União Soviética expansionista, sendo assim avalista confiável para a operação planejada.

CAPÍTULO IX
A formação do agente

No final da Segunda Guerra Mundial, o presidente Harry S. Truman aboliu o Escritório de Serviços Estratégicos (Office of Strategic Services — OSS) junto com muitas outras agências de guerra; as filiais do OSS se fundiram em um novo escritório, a Unidade de Serviços Estratégicos (Strategic Services Unit — SSU). A SSU assumiu um papel temporário, preenchendo antigos postos do OSS em todo o mundo até que os Estados Unidos pudessem implementar uma solução mais permanente.

No início de 1946, funcionários do governo decidiram transferir os deveres e responsabilidades da SSU para o recém-criado Grupo Central de Inteligência (Central Intelligence Group — CIG). O presidente Truman escolheu o contra-almirante Sidney Souers, vice-chefe da Inteligência Naval no final da Segunda Guerra Mundial, para liderar o CIG, tornando Souers a primeira pessoa a ocupar o título de diretor de Inteligência Central, posteriormente se transformando na Agência Central de Inteligência (Central Intelligence Agency — CIA).

Foi o próprio Souers que fez a entrevista final com Valery Larskov, e foi quem planejou, com grande antecedência, a inscrição de Larskov para iniciar os estudos de Direito na Academia de Ciências Jurídicas (ACJ) de Moscou, precedida de longo treinamento em diversas unidades de inteligência.

As correspondências e os exames vestibulares foram postados a partir da distante Crimeia, embora todos elaborados em Langley por um desertor russo que havia sido juiz na vizinha Ucrânia, de forma que a precisão e o rigor dos documentos impressionaram bem o reitor da Academia, sem levantar suspeitas.

A FORMAÇÃO DO AGENTE

Larskov ambientou-se por dois meses ao cenário europeu-asiático na Turquia, na Embaixada dos Estados Unidos em Istambul. De lá seguiu com os documentos como cidadão da Crimeia até a capital Simferopol, de onde tomou o trem para Moscou, após nova aclimatação de quatro meses. A viagem, com diversas baldeações, levou seis dias.

A chegada a Moscou estava, assim, organizada como se, de fato, Larskov houvesse nascido e passado toda a sua vida na Crimeia, já que seu sotaque russo, aprendido com os pais na Pensilvânia, era percebido como das redondezas de Simferopol, sendo natural que fosse buscar uma educação superior em Moscou, onde ficou instalado no próprio campus da ACJ.

A comunicação com Langley se dava na primeira quarta-feira do mês, na sala de estudos da biblioteca da ACJ, onde precisamente ao meio-dia outro estudante deixava a seu lado um livro, que Larskov abria como se fosse seu. O código utilizado era a numeração da ordem da palavra determinada em linha

A MORTE DO EMBAIXADOR RUSSO

e página da primeira edição de *Imperialismo, fase superior do capitalismo*, de Vladimir Lenin, de modo que a sequência 140803 significava a terceira palavra da oitava linha da página 14 e, assim por diante, de modo a construir um "telegrama", e a resposta era entregue da mesma forma.

Larskov se forma em junho de 1952 e se inscreve no Ministério de Assuntos Estrangeiros soviético, onde é admitido em janeiro de 1953, após longas e penosas provas e entrevistas.

Em maio de 1953 se casa com ex-colega de faculdade, que ignora sua história verdadeira, fora da Crimeia, de onde não recebe cartas, pois seus pais constam como falecidos, além de Larskov guardar um conveniente álbum com fotos trazidas pelo juiz que assessorou os exames.

Larskov é designado sucessivamente para diversas capitais europeias como secretário das embaixadas, onde tem a facilidade de passar discretamente informações nos encontros oficiais e sociais com diplomatas ingleses, que fazem a conexão Londres-Langley.

A FORMAÇÃO DO AGENTE

Em julho de 1961, é transferido para o Rio de Janeiro, para a missão comercial da URSS, onde recebe, em fevereiro de 1962, o novo embaixador Tchernyschov e passa a ser seu secretário particular.

CAPÍTULO X
A operação Anadyr-B

Na visita do vice-presidente João Goulart a Moscou, em julho de 1961, foi organizada uma sala de reuniões discreta e reservada no politburo, para seu encontro formal com Luís Carlos Prestes, presidente do Partido Comunista Brasileiro, Francisco Julião, das Ligas Camponesas, Ernesto Che Guevara, o principal encarregado da exportação da revolução a partir de Cuba, todos prontos para ouvir a exposição do marechal Sergey Biryuzov, comandante das Forças de Foguetes Soviéticas, sobre a chamada operação Anadyr.

Anadyr era o codinome da planejada operação de instalação de mísseis balísticos de alcance médio e de uma divisão de infantaria mecanizada em Cuba, para enfrentar uma possível invasão americana ou, até mesmo, fazer um ataque, já que o alcance previa facilmente grandes centros como Miami, Washington e Nova York. Esperavam-se aproximadamente 60 mil soldados e assistentes técnicos como suporte à operação principal de três regimentos de mísseis R-12 e dois regimentos de mísseis R-14.

A operação seria seguida imediatamente pela operação Anadyr-B (B de Brasil), que planejava, a partir de Cuba, o envio de equipamentos para instalar uma base de mísseis perto da região de Suape, em Pernambuco. Suape tinha a vantagem estratégica, como base de mísseis, de poder alcançar Brasília, a nova capital do Brasil inaugurada em abril de 1960, e a conveniência do apoio de Francisco Julião e do candidato a governador do estado Miguel Arraes, então prefeito do Recife.

Um contrato de manutenção para as usinas da Companhia Hidro Elétrica do São Francisco (Chesf) por engenheiros soviéticos poderia funcionar como álibi para a entrada de equipamentos e pessoal técnico, já que a companhia tinha diversas instalações nas proximidades. O próprio Complexo Hidrelétrico de Paulo Afonso, a apenas 500km dali, seria um alvo que poderia deixar em estado crítico o abastecimento de energia elétrica do Nordeste.

Presente ao encontro estava o embaixador Tchernyschov, que seria designado para o cargo no Rio de Janeiro para concentrar as informações e diligências necessárias à operação Anadyr-B, junto com o assessor militar Vladislaw Tchirkov.

No abafado politburo, em julho de 1961, Tchernyschov e Tchirkov não poderiam supor uma ação de contraespionagem que iria abortar a Anadyr-B, nas águas da Barra da Tijuca, em outubro do ano seguinte, pelo agente americano Valery Larskov.

CAPÍTULO XI
O plano abortado

O voo 810 da Varig, do Rio de Janeiro a Los Angeles, com escalas em Lima, Bogotá e Cidade do México, saiu da capital fluminense na madrugada de 27 de novembro de 1962. O Boeing 707-441, de prefixo PP-VJB, sob a direção do comandante Gilberto Salomoni, não chegou a aterrissar no aeroporto de Lima, pois colidiu com o pico La Cruz, cerca de 25 quilômetros ao sudeste do aeroporto, explodindo e matando todos os seus 97 ocupantes.

A bordo estava toda a delegação de Cuba à Conferência Regional da FAO, que retornaria a Havana através da escala prevista no México. Presidia a delegação Raúl Cepero Bonilla, anteriormente ministro do Comércio e presidente do Banco Nacional de Cuba, depois do triunfo da Revolução Cubana.

O presidente João Goulart havia pronunciado, em 17 de novembro de 1962, breve discurso na solenidade de instalação da VII Conferência Regional da FAO para a América Latina, destacando que "a FAO tem sido, na América Latina e nas áreas ainda não desenvolvidas de todo o mundo, uma bandeira contra as práticas rotineiras, na luta pela modernização dos processos de trabalhar a terra, com a finalidade de melhorar as condições de alimentação do homem. Com seu prestígio já consolidado, funciona como instrumento para vencer preconceitos que ainda dificultam o estudo objetivo dos problemas ligados à agricultura e à produção de alimentos. O temário desta Conferência bem reflete essa atuação progressista da FAO, que, deste modo, contribui para a conquista de novas etapas da justiça social e para a emancipação econômica dos países subdesenvolvidos".

* * *

O PLANO ABORTADO

Com a passagem emitida para Los Angeles, saiu da Embaixada dos EUA, na rua São Clemente, para o aeroporto do Galeão o fuzileiro naval norte-americano Mathew Crawley, depois de breve reunião com o próprio embaixador Lincoln Gordon e o general Vernon Walters, adido militar. Levando pequena bagagem a despachar, fez o check-in no balcão da Varig, recolheu o comprovante da entrega da mala e entrou na perua, retornando à rua São Clemente.

Em 1962 não havia procedimentos de segurança para conferir se o passageiro com o registro efetuado teria de fato embarcado, de modo que a mala com uma bomba de pequenas proporções, construída no Laboratório Científico de Los Alamos (Los Alamos Scientific Laboratory), com tecnologia da Comissão de Energia Atômica (Atomic Energy Commission — AEC) e da Agência de Apoio Atômico de Defesa (Defense Atomic Support Agency) dos EUA, seguiu desacompanhada, com seus efeitos de grande detonação garantidos, inclusive, para não deixar traços.

A MORTE DO EMBAIXADOR RUSSO

O acidente recebeu ampla cobertura do jornal *O Globo* de 28 de novembro de 1962, que noticiava entre outros detalhes, à página 14, o seguinte:

> No Peru, os médicos, enfermeiras e a polícia civil, que escalaram a região onde se espalhavam os restos da aeronave, numa área de 190 m², encontraram um sapatinho de recém-nascido, os restos de um disco de samba e, intacta, uma maleta de homem. Tudo o mais estava completamente destruído.

* * *

A CIA encontrou entre os destroços a pasta de couro chamuscada de Raúl Cepero Bonilla, na qual havia ampla documentação, em português, sobre a implantação de focos de guerrilha no Brasil. A documentação seguiu através do coronel Nicolau José de Seixas, chefe do Serviço de Repressão ao

O PLANO ABORTADO

Contrabando, diretamente a João Goulart, que o conhecia do Sul.

Seixas havia antes apresentado relatório sobre diversas caixas e caixotes de geladeiras que chegavam a Dianópolis, pequena cidade de Goiás, desprovida de energia elétrica, suspeitando que fossem armas para os latifundiários para lutar contra a reforma agrária. Ao contrário, invadindo a fazenda, encontrou armas, bandeiras cubanas, retratos de Fidel Castro e Francisco Julião, além de manuais de combate e planos de implantação de outros focos de guerrilha e descrições de recursos financeiros vindos de Cuba: tratava-se de um campo de treinamento militar das Ligas Camponesas, implantado por Clodomir Moraes.

João Goulart chamou ao palácio o embaixador de Cuba, Joaquín Hernández Armas, e se queixou da traição ao Brasil, justamente amargurado, mencionando que havia sido contra a invasão de Cuba pelos americanos na crise dos mísseis. Hernández viria a ser no ano seguinte embaixador cubano na Cidade do México, onde teria se reunido com Lee Oswald, o suspeito do assassinato do presidente John Kennedy em Dallas.

A MORTE DO EMBAIXADOR RUSSO

Através da CIA, Lincoln Gordon e Vernon Walters viram naqueles documentos provas de que havia a intenção de transformar o Brasil em uma nova Cuba, que teria o efeito de comparativamente ser tão importante como a China de Mao Tsé-tung para o restante da Ásia.

* * *

A Agência dos Estados Unidos para o Desenvolvimento Internacional (U.S. Agency for International Development — USAID), no primeiro semestre do mesmo 1962, enviou no programa Corpos da Paz (Peace Corps), principalmente ao Nordeste, milhares de voluntários, que distribuíam roupas, remédios e alimentos, e, pelo depoimento de Lincoln Gordon, havia ali infiltrados 40 mil soldados e agentes americanos, prontos para intervir militarmente.

CAPÍTULO XII
O final da crise?

No dia 29 de outubro de 1962, o chefe do Gabinete Militar da Presidência, general Albino Silva, e outras cinco pessoas, incluindo o embaixador cubano no país, Joaquín Hernández Armas, embarcaram para Havana, saindo do Rio de Janeiro em voo especial de um Caravelle da Panair do Brasil. A delegação brasileira acompanharia de perto a desmontagem do arsenal atômico, a pedido do presidente João Goulart.

A viagem, de aparente sigilo, foi pela rota Brasília, Belém, Port of Spain. Assessorando o embaixador Hernández estava o ministro conselheiro Javier Martín, lotado na Embaixada, encarregado oficialmente de assuntos culturais. Martín havia sido colega de Ernesto Che Guevara na viagem realizada em

A MORTE DO EMBAIXADOR RUSSO

1951 pelo continente americano, de Buenos Aires a Caracas, na motocicleta Norton 500 cc, fabricada em 1939 e apelidada de La Poderosa II.

No decorrer da crise inteira, Fidel concordou com Kennedy num único ponto: ele também queria o envolvimento dos brasileiros nas negociações, evitando que suas relações internacionais ficassem subordinadas apenas aos interesses soviéticos. Horas depois do desembarque, Albino Silva conversou com Castro na residência do embaixador Bastián Pinto, no elegante bairro de Miramar. O general avisou a Goulart que os resultados das conversas tinham sido "satisfatórios".

Contudo, também é possível verificar que, surpreendentemente, as relações bilaterais entre o Brasil e os Estados Unidos experimentaram um certo distanciamento após a crise dos mísseis, aparentemente gerado pelo não alinhamento e a equidistância apregoados pela Política Externa Independente. Observe-se que o embaixador Roberto de Oliveira Campos chegou a informar ao Itamaraty que certa fonte da Casa Branca "teria expressado suspicácia

O FINAL DA CRISE?

em relação à missão do general Albino Silva, que interpretaria como destinada a facilitar a sobrevivência de Castro, acrescentando ainda que o Brasil e a Itália teriam sido no mundo ocidental os países menos cooperativos na crise presente". Paralelamente sugeriu que, após a visita de Robert Kennedy ao Brasil, em 17 de dezembro de 1962, a opinião do mandatário norte-americano com relação às políticas reformistas de Goulart teria mudado para o predomínio do ceticismo e do gradual estranhamento. Mais ou menos na mesma época, isto é, poucos meses após a crise dos mísseis soviéticos em Cuba, um relatório da Embaixada brasileira em Washington tomava nota, com preocupação, da acomodação de Kennedy — e também do seu sucessor, Lyndon B. Johnson — diante da onda de autoritarismo e golpes militares que se sucederam na América Latina, especialmente após 1962.

A morte do embaixador russo no Rio de Janeiro, por um agente da CIA, em 21 de outubro de 1962, abortou a tentativa de inclinar o Brasil em direção à União Soviética, criando uma Cuba continental, de forma que, em 31 de março de 1964, o governo constitucional de João Goulart foi derrubado, assegurando a hegemonia americana. O Brasil só voltaria a ter eleições diretas mais de 25 anos depois, em 15 de novembro de 1989.

POSFÁCIO

Mitchellville, Maryland, December 10th, 2008

Dear Mr. Valente,

I received your text, *A morte do embaixador russo*, about the loss of my colleague Mr. Ilya Tchernyschov, Soviet Ambassador to Brazil. I was posted to Rio de Janeiro in 1962, when this sad event occurred.

I began my service in Rio de Janeiro in 1961. Inflation was high, and a left-wing president, João Goulart, had just been sworn in.

As I have often stated before, the U.S. government had nothing to do with Mr. Tchernyschov's drowning.

As I have also often stated, neither the Embassy nor the CIA were involved in deposing President Goulart in 1964.

The Kennedy and Johnson administrations were indeed prepared to prevent a leftist takeover of Brazil, but the local military's own actions rendered this unnecessary.

Neither was prepared to countenance another Cuba, on the immensely larger scale of Brazil.

Yours sincerely,
Lincoln Gordon

POSFÁCIO

(TRADUÇÃO LIVRE)

Mitchellville, Maryland, 10 de dezembro de 2008

Prezado sr. Valente,

Recebi seu texto, *A morte do embaixador russo*, sobre a perda do meu colega sr. Ilya Tchernyschov, embaixador soviético no Brasil. Fui embaixador no Rio de Janeiro em 1962, quando ocorreu esse triste episódio.

Comecei meu serviço no Rio de Janeiro em 1961. A inflação estava alta e um presidente de esquerda, João Goulart, acabara de tomar posse.

Como já afirmei muitas vezes antes, o governo dos EUA não teve relação alguma com o afogamento do sr. Tchernyschov.

Como também já afirmei muitas vezes, nem a Embaixada nem a CIA estiveram envolvidas na deposição do presidente Goulart em 1964.

A MORTE DO EMBAIXADOR RUSSO

As administrações Kennedy e Johnson estavam de fato preparadas para impedir um golpe esquerdista no Brasil, mas as próprias ações dos militares brasileiros tornaram isso desnecessário.

Nenhum deles estava preparado para aceitar outra Cuba, na escala imensamente maior do Brasil.

Com os melhores cumprimentos,
Lincoln Gordon

POSFÁCIO

Rio de Janeiro, 20 de dezembro de 2008

Prezado Professor Gordon,
Agradeço sua correspondência de 10 de dezembro.

Sei que, na sua posição como ex-membro do corpo diplomático, é impossível admitir a participação dos EUA no desaparecimento do embaixador russo, relatado em meu texto. Quem sabe um dia, se os arquivos da CIA forem publicados, tenhamos os fatos revelados.

Valery Larskov, o funcionário da Embaixada que acompanhava o embaixador russo na entrada no mar, desapareceu no mesmo dia, não tendo sido encontrado seu corpo, o que dá ensejos às conjecturas traçadas no texto.

A MORTE DO EMBAIXADOR RUSSO

Da mesma forma, há inúmeros documentos que provam a participação direta ou indireta dos EUA no golpe que derrubou João Goulart. Não há dúvida da intenção da URSS e de Cuba de exportar a revolução, como se sucedeu posteriormente no Congo e na Bolívia por Ernesto Che Guevara.

Meu texto é verdadeiro na minha imaginação ou pelos acontecimentos reais, pouco importa a fonte: sabe-se que somente uma pequena parte dos acontecimentos mundiais, como ocorrem, vem a público, por isso as iniciativas de exposição de arquivos secretos na internet, que, aliás, não têm minha simpatia.

Sou grande admirador de dois italianos nascidos no século XVI, Giordano Bruno (1548-1600) e Galileu Galilei (1564-1642). Bruno é autor da máxima *"se non è vero, è ben trovato"* (se não é verdadeiro, é bem inventado), que dispensa descrição, e a Galilei é atribuída a sentença *"eppur si muove"* (no entanto, ela se move), quando confirmou que a Terra era o centro do universo para escapar da condenação, mas teria pronunciado em voz baixa a afirmação contraditória.

POSFÁCIO

Na Dinamarca, teria mesmo o pai do príncipe Hamlet aparecido para ele como fantasma na peça de William Shakespeare (1564-1616)? É uma pergunta que não tem resposta, embora o que se passou no castelo de Elsinore seja tomado por mais verídico que a própria história daquele país.

Em *Dom Casmurro*, de Machado de Assis (1839-1908), teria Capitu enganado Bentinho com seu amigo? Não serão verdadeiras as *Memórias póstumas de Brás Cubas*, do mesmo autor, mesmo que escritas por um defunto?

Despeço-me com William Shakespeare, no *Conto de inverno*, ato 4, cena 3: "*Though I am not naturally honest, I am sometimes so by chance*" [Embora eu não seja naturalmente honesto, às vezes o sou por acaso], e Fernando Pessoa (1888-1935): "Contra argumentos não há fatos".

Atenciosamente,
Paulo Valente

CRONOLOGIA

1912　Em agosto, nasce Ilya Tchernyschov, em Bisqueque, no Quirguistão, país que mais tarde integrará a União Soviética.

1940　Em junho, Valery L. Larskov, descendente de fugitivos da Revolução Bolchevique — sitiados na Crimeia e posteriormente acolhidos na Pensilvânia, EUA —, apresenta-se ao posto de recrutamento militar de Nova York quando está prestes a completar 18 anos e, após bom desempenho nos testes, é admitido no Corpo de Fuzileiros Navais dos Estados Unidos.

1942　Com a declaração de guerra dos Estados Unidos contra a Alemanha, Valery L. Larskov parte para a Europa, compondo o esquadrão inicial que invadiu a França mais tarde, em 1944.

A MORTE DO EMBAIXADOR RUSSO

1945 Em fevereiro, realiza-se a Conferência de Yalta, na Crimeia, com reuniões das principais nações aliadas, que já previam a derrota da Alemanha na Segunda Guerra Mundial e buscam determinar o destino da Europa no pós-guerra.

Em abril, Joseph Stalin, líder soviético, envia 20 exércitos, 6.300 tanques e 8.500 aviões para capturar Berlim. Este é o episódio final da destruição do Terceiro Reich e o fim da Segunda Guerra Mundial.

Em 29 de abril, Adolf Hitler e Eva Braun se casam e, em menos de quarenta horas, se suicidam.

Tem início a Guerra Fria, como foi nomeada posteriormente a disputa por poder de influência entre EUA e URSS, que dividiu o mundo.

Em junho, Valery L. Larskov retorna à Pensilvânia como herói de guerra. A CIA, em busca de um falante nativo de russo para enviar a missões na União Soviética, o contacta.

Em julho, Larskov começa seu treinamento na sede da CIA em Langley, Virgínia.

CRONOLOGIA

1952 Em junho, Larskov se forma na Academia de Ciências Jurídicas (ACJ) de Moscou e se inscreve no Ministério de Assuntos Estrangeiros soviético.

1953 Em janeiro, Larskov é admitido no Ministério soviético a que se inscrevera.

1956 Em fevereiro, acontece o XX Congresso do Partido Comunista, em que Josef Stalin é acusado pelo genocídio dos anos 1930. Neste evento, Ilya Tchernyschov serviu ao secretário-geral do Partido, Nikita Kruschev.

1958 Nikita Kruschev substituiu Nikolai Bulganin como primeiro-ministro da União Soviética, indicando Tchernyschov como vice-presidente do Comitê Estatal de Rádio e TV da URSS.

1959 Em 1º de janeiro, Fidel Castro assume o poder em Cuba, por meio de luta armada, depondo o ditador Fulgencio Batista y Zaldívar.

1960 Em abril, Brasília, a nova capital do Brasil, é inaugurada.

Em outubro, Tchernyschov acompanha Kruschev à Assembleia Geral da ONU, quando este tem uma reação furiosa — brandindo um sapato e batendo-o na mesa — frente à acusação da União Europeia de que a URSS teria retirado direitos da Europa Oriental.

Em dezembro, Cuba declara seu alinhamento à União Soviética. Com a proximidade geográfica dos EUA e o risco de um confronto que pusesse fim à Guerra Fria, o mundo fica em estado de alerta.

No mesmo mês, Francisco Julião, acompanhado de Luís Carlos Prestes, encontra Ernesto Che Guevara em Pequim e Moscou, acertando uma aliança para lançar uma revolução socialista no Nordeste brasileiro.

1961 Em 3 de janeiro, os EUA rompem relações diplomáticas com Cuba.

Em 23 de janeiro, é publicado no *New York Times* um telegrama do correspondente Tad Szulc reportando seu encontro com Francisco Julião. Este teria feito um acordo com o então vice-presidente João Goulart para a criação de um partido de esquerda que unisse o Partido Trabalhista e o

Partido Socialista, com o objetivo de pressionar o governo do presidente eleito Jânio Quadros, a ser empossado na semana seguinte.

Em abril, um grupo de exilados cubanos, com apoio dos EUA, invade a Baía dos Porcos, em atentado frustrado.

Em julho, Larskov é transferido para o Rio de Janeiro, para a missão comercial da URSS.

Ainda em julho, o então vice-presidente João Goulart visita Moscou e se encontra com Luís Carlos Prestes, Francisco Julião, Ernesto Che Guevara e Sergey Biryuzov, que lhes apresenta a operação Anadyr.

Em 25 de agosto, Jânio Quadros renuncia ao cargo de presidente do Brasil.

Em 7 de setembro, João Goulart assume a Presidência.

1962 Tchernyschov é promovido a embaixador em Estocolmo e, em fevereiro, é designado para o posto no Rio de Janeiro. Larskov se torna seu secretário particular. Neste momento, a URSS já havia começado a enviar mísseis para Cuba.

No primeiro semestre do ano, a Agência dos Estados Unidos para o Desenvolvimento Internacional (U.S. Agency for International Development — USAID) envia ao Brasil, sobretudo ao Nordeste, milhares de voluntários de ajuda humanitária pelo programa Corpos da Paz (Peace Corps), no qual, segundo o depoimento de Lincoln Gordon, embaixador norte-americano no Brasil, há 40 mil soldados e agentes americanos infiltrados, preparados para executar uma intervenção militar.

No fim de semana de 28 e 29 de julho, Robert I. Bouck, agente do Serviço Secreto dos Estados Unidos, instala um sistema de gravações na Casa Branca, aproveitando a ausência do presidente John F. Kennedy.

Em 30 de julho, a primeira gravação registra a audiência de Kennedy a Lincoln Gordon, em que discutem a política externa do presidente João Goulart e sua estreita relação com Fidel Castro.

CRONOLOGIA

Em agosto, o senador Kenneth Keating afirma que há evidências de instalações de mísseis soviéticos em Cuba, o que requer uma intervenção militar à URSS. É deflagrada a crise dos mísseis.

De posse de fotografias dos mísseis, registradas por um avião militar americano U-2, John F. Kennedy é pressionado pelo general Maxwell Taylor a seguir um plano de ataque militar a Cuba. Poucos dias depois, Andrei Gromyko, ministro das Relações Exteriores da URSS, alerta o presidente dos EUA de que uma investida contra Cuba seria o início de uma guerra.

Em 21 de outubro, o embaixador da URSS, Ilya Tchernyschov, morre no mar da Barra da Tijuca, no Rio de Janeiro.

Em 22 de outubro, o afogamento do embaixador da URSS na Barra da Tijuca e o desaparecimento de seu assistente pessoal são noticiados no jornal *O Globo*.

Nessa mesma data, em meio à crise dos mísseis, John F. Kennedy declara estado de alerta 3 nos

EUA, que representa a possibilidade de mobilização da Força Aérea em 15 minutos.

Em 23 de outubro de 1962, o *Jornal do Brasil* publica uma reportagem dizendo que o embaixador soviético não morreu afogado, mas de parada cardíaca.

Em 24 de outubro, ao menos uma das embarcações soviéticas em direção a Cuba muda o curso e os EUA declaram estado de alerta 2, o que significa uma guerra nuclear iminente.

Em 26 de outubro, Kruschev propõe a John F. Kennedy a remoção dos mísseis em Cuba com a condição de os EUA anunciarem publicamente que nunca invadiriam o país.

Em 28 de outubro, Kruschev declara na Rádio Moscou que a URSS retiraria os mísseis de Cuba e os EUA removeriam os mísseis nucleares americanos da base militar da Turquia, encerrando-se, então, a crise dos mísseis.

Em 29 de outubro, a pedido do presidente João Goulart, o chefe do Gabinete Militar da Presidência, general Albino Silva, e outras cinco pessoas, incluindo o embaixador cubano Joaquín Hernández Armas, embarcam para Havana, para acompanhar de perto a desmontagem do arsenal atômico em Cuba.

Em 17 de novembro, o presidente João Goulart faz um discurso na solenidade de instalação da VII Conferência Regional da FAO para a América Latina, elogiando a atuação progressista da organização, sua contribuição para a justiça social e para a emancipação econômica de países subdesenvolvidos.

Em 27 de novembro, o fuzileiro naval norte-americano Mathew Crawley, com passagem emitida para Los Angeles, sai da Embaixada dos EUA para o aeroporto Galeão, faz check-in no balcão da Varig, despacha sua mala com uma pequena bomba e retorna à Embaixada.

Na mesma data, o voo 810 da Varig sai do Rio de Janeiro para Los Angeles, com escalas em Lima, Bogotá e Cidade do México. Ao chegar a Lima, o Boeing 707-441 colide com o pico La Cruz, cerca de 25 quilômetros ao sudeste do aeroporto, explodindo e matando todos os seus 97 ocupantes, incluindo toda a delegação de Cuba à Conferência Regional da FAO, que retornaria a Havana pela escala prevista no México.

Em 28 de novembro, O *Globo* deu grande cobertura ao acidente, noticiando o que foi encontrado numa área de 190 m², incluindo uma maleta masculina.

A CIA encontrou entre os destroços a pasta de couro de Raúl Cepero Bonilla, na qual estava amplamente documentada a implantação de focos de guerrilha no Brasil.

Em 17 de dezembro, Robert Kennedy faz visita ao Brasil.

1963 Em outubro, John F. Kennedy declara seu apoio, retroativamente, à Revolução Cubana, que depôs o regime ditatorial e opressor de Batista em 1959.

Em 22 de novembro, John F. Kennedy é assassinado.

CRONOLOGIA

1964 Em 31 de março, o governo constitucional de João Goulart é derrubado por um golpe militar; assegura-se, assim, a hegemonia americana.

1989 Em 15 de novembro, mais de 25 anos depois do golpe militar, o Brasil volta a ter eleições diretas.

# GLOSSÁRIO E ÍNDICE ONOMÁSTICO

Academia de Ciências Jurídicas (ACJ), faculdade de Direito em Moscou, 96, 97, 135

Agência Central de Inteligência (Central Intelligence Agency — CIA), 96, 112, 114, 119, 124, 125, 127, 134, 142

Agência de Apoio Atômico de Defesa (Defense Atomic Support Agency), 111,

Agência dos Estados Unidos para o Desenvolvimento Internacional (U.S. Agency for International Development — USAID), órgão do governo dos EUA responsável por administrar assistência a países em desenvolvimento, 114, 138

Albino Silva, general, chefe do Gabinete Militar da Presidência no Brasil, 117, 118, 119, 141

American & Foreign Power Company (AMFORP), 38

Anadyr, codinome da operação de instalação de mísseis balísticos de alcance médio e de uma divisão de infantaria mecanizada em Cuba, 103, 137

Anadyr-B, operação que planejava o envio de equipamentos de Cuba ao Brasil para instalar uma base de mísseis perto da região de Suape, em Pernambuco, 101, 104, 105

Andrei Fomin, ministro conselheiro, encarregado de negócios da União Soviética, 47, 48, 51

Andrei Gromyko, ministro das Relações Exteriores da URSS, 33, 139

Armando Ventura, representante do governador Lopo Coelho no funeral do embaixador Ilya Tchernyschov, 50

Baía dos Porcos, Cuba, 32, 137

Barra da Tijuca, bairro do Rio de Janeiro, 43, 44, 47, 52, 105, 139

Bastián Pinto, embaixador brasileiro em Cuba, 118

Boris Larskov, pai de Valery Larskov, 60

GLOSSÁRIO E ÍNDICE ONOMÁSTICO

Capitu, personagem de *Dom Casmurro*, de Machado de Assis, 129

Carlos Eugênio Delamare Araújo, assistente de Durval Viana, 46

Casa Branca, 33, 39, 118

CIA, *ver* Agência Central de Inteligência (Central Intelligence Agency — CIA)

CIG, *ver* Grupo Central de Inteligência (Central Intelligence Group — CIG)

Clodomir Moraes, dirigente das Ligas Camponesas, responsável por implantar um campo de treinamento militar para formação de guerrilha, 113

Comissão de Energia Atômica (Atomic Energy Commission — AEC), 111

Companhia Hidro Elétrica do São Francisco (Chesf), 104

Complexo Hidrelétrico de Paulo Afonso, conjunto de usinas localizadas na cidade de Paulo Afonso, Bahia, 105

Corpos da Paz (Peace Corps), programa do governo federal dos EUA criado em 1961, pelo presidente John

F. Kennedy, que envia voluntários para países que precisam de assistência em serviços essenciais, 114, 138

Crise dos mísseis, 07, 21, 38, 82, 113, 118, 119, 139, 140

Cuba, 31, 32, 33, 34, 38, 82, 86, 103, 104, 109, 110, 113, 114, 119, 124, 126, 128, 135, 136, 138, 139, 140, 141, 142

Dante Pelacani, diretor do Departamento Nacional de Previdência Social, 50

Dianópolis, município de Goiás até 1988, quando foi criado o estado do Tocantins, 113

Durval Viana, diretor do serviço de salvamento do Rio de Janeiro, 46

Elsinore, castelo dinamarquês da peça *Hamlet*, de William Shakespeare, 129

Embaixada brasileira, 119

Embaixada dos Estados Unidos (dos EUA), 97, 111, 141

Embaixada soviética, 46, 47, 48, 49, 52

Emenda Hickenlooper, nomeada a partir do senador John Hickenlooper, determina que não sejam feitos empréstimos a nações que encampem empresas norte-americanas sem justa compensação, 38

GLOSSÁRIO E ÍNDICE ONOMÁSTICO

Ernesto Che Guevara, revolucionário argentino, figura importante na Revolução de Cuba, tendo ocupado diversos cargos no governo deste país, 92, 103, 117, 128, 136, 137

Escritório de Serviços Estratégicos (Office of Strategic Services — OSS), 95

Estado-Maior, conjunto de oficiais que assessoram um oficial-general no comando de uma organização militar ou de uma força, 33

Estados Unidos (EUA), 31, 32, 34, 37, 38, 60, 61, 82, 95, 118, 133

Eva Braun, companheira de longa data de Adolf Hitler, tornou-se sua esposa pouco antes do suicídio do casal, 82, 134

FAB, Força Aérea Brasileira, 39

Fernando Pessoa (1888-1935), poeta português, 129

Fidel Alejandro Castro Ruz (Fidel Castro), político e revolucionário cubano que governou a República de Cuba como primeiro-ministro (1959-1976) e, mais tarde, como presidente (1976-2008), 31, 32, 38, 113, 118, 135, 138

Francisco Julião, chefe das Ligas Camponesas, 87, 91, 103, 104, 113, 136, 137

Franklin D. Roosevelt, presidente dos EUA (1933-1945), 81

Führer (Adolf Hitler), líder do regime nazista instaurado na Alemanha (1933-1945), o Terceiro Reich, que levou o mundo à Segunda Guerra, 82, 134

Fulgencio Batista y Zaldívar, militar que governou Cuba como presidente eleito (1940-1944) e, mais tarde, como ditador (1952-1959), 31, 32, 135, 142

Gabriel, detetive, chefe do posto policial da Barra da Tijuca, 46, 52

Galileu Galilei, astrônomo, físico e engenheiro florentino do séc. XVI, fundador da teoria heliocêntrica, 128

Gilberto Salomoni, comandante do voo 810 da Varig, Boeing 707-441, que colidiu no aeroporto de Lima, 109

Giordano Bruno, teólogo, filósofo, escritor, matemático, poeta, teórico de cosmologia, frade dominicano italiano condenado à morte na fogueira pela Inquisição romana, 128

GLOSSÁRIO E ÍNDICE ONOMÁSTICO

Grupo Central de Inteligência (Central Intelligence Group — CIG), 95, 96

Hamlet, príncipe da Dinamarca, personagem da peça homônima de William Shakespeare, 129

Harry S. Truman, presidente dos EUA no fim da Segunda Guerra Mundial, 95, 96

Hermes Lima, primeiro-ministro no governo de João Goulart, 48

Hyannis Port, Massachussets, praia de veraneio da elite americana, 37

Ilha das Palmas, Rio de Janeiro, 55

Ilya Tchernyschov, embaixador da URSS no Brasil, 43, 47, 51, 85, 123, 125, 133, 135, 139

International Telephone and Telegraph (ITT), 38

Itamaraty, 50, 51, 118

Jack Kubich, representante do embaixador Lincoln Gordon, 50

Jânio Quadros, presidente do Brasil, renuncia ao cargo durante o primeiro ano de governo e é sucedido por João Goulart, 91, 137

Javier Martín, ministro conselheiro e assessor do embaixador Joaquín Hernández Armas, 117

Jean Daniel Bensaïd, jornalista francês, 31

João Goulart, vice-presidente e, após a renúncia de Jânio Quadros, presidente do Brasil, 38, 39, 48, 91, 92, 103, 110, 113, 117, 118, 119, 120, 123, 124, 125, 128, 136, 137, 138, 140, 141, 143

João Pinheiro Neto, ministro do Trabalho, 48

Joaquín Hernández Armas, embaixador cubano no Brasil, 113, 117, 141

John F. Kennedy, presidente dos EUA, 31, 33, 34, 37, 38, 39, 113, 118, 119, 124, 126, 138, 139, 140, 142

Jorge Amado (1912-2001), escritor brasileiro, 48

Jornal do Brasil, 47, 140

José Guimarães, diretor da Agência Nacional, 50

Josef Stalin, revolucionário e autocrata que governou a União Soviética (URSS) desde meados de 1920 até sua morte, em 1953, 81, 86, 134, 135

Laboratório Científico de Los Alamos (Los Alamos Scientific Laboratory), laboratório federal dos EUA, 111

GLOSSÁRIO E ÍNDICE ONOMÁSTICO

Lackawanna, condado da Pensilvânia, EUA, 60

Lee Oswald, suspeito do assassinato do presidente John Kennedy, 113

Leonel Brizola, governador do Rio Grande do Sul e cunhado de João Goulart, 38

Ligas Camponesas, associações de trabalhadores rurais ligadas ao Partido Comunista Brasileiro (PCB), 87, 91, 103, 113

Lincoln Gordon, embaixador dos EUA no Brasil, 37, 39, 50, 111, 114, 124, 126, 127, 138

Luís Carlos Prestes, presidente do Partido Comunista Brasileiro, 51, 92, 103, 136, 137

Lyndon B. Johnson, sucessor de John F. Kennedy, 119, 124, 126

Machado de Assis (1839-1908), escritor brasileiro, 129

Mao Tsé-tung, líder da Revolução Chinesa (1949), fundador e governante da República Popular da China, 114

Mário Martins Rodrigues, legista do Instituto Médico Legal, 48

A MORTE DO EMBAIXADOR RUSSO

Mathew Crawley, fuzileiro naval dos EUA, 111, 141

Maxwell Taylor, general, chefe do Estado-Maior, 33, 139

McGeorge Bundy, conselheiro de Segurança Nacional dos Estados Unidos, 37

Miguel Arraes, prefeito do Recife e candidato a governador de Pernambuco, 104

Nicolau José de Seixas, coronel, chefe do Serviço de Repressão ao Contrabando, 112

Nikita Kruschev, secretário-geral do Partido Comunista da União Soviética e posteriormente primeiro-ministro, 34, 86, 135, 140

Nikolai Bulganin, ex-primeiro-ministro da União Soviética, 86, 135

O Globo, 43, 112, 139, 142

OSS, *ver* Escritório de Serviços Estratégicos (Office of Strategic Services — OSS)

Osvaldo Batista, um dos guarda-vidas que encontraram o corpo do embaixador Ilya Tchernyschov, 45

politburo, comitê central do Partido Comunista da URSS, 103, 105

GLOSSÁRIO E ÍNDICE ONOMÁSTICO

Porfírio, inspetor, 45

Presidential Recordings Collection [Coleção de Gravações Presidenciais], 30

Punta del Este, Uruguai, 38

Raúl Cepero Bonilla, presidente da delegação de Cuba à Conferência Regional da FAO, que faleceu no acidente do avião em Lima, 109, 112, 142

Richard Goodwin, assessor presidencial de Segurança Nacional dos Estados Unidos, 38

Robert I. Bouck, agente do Serviço Secreto dos EUA, 37, 138

Robert Kennedy, procurador-geral dos EUA 119, 142

Roberto de Oliveira Campos, embaixador brasileiro nos EUA, 118

Rubens Chiconelli, médico plantonista do Hospital Dispensário Lourenço Jorge, 45

San Tiago Dantas, ministro das Relações Exteriores do Brasil, 16, 38, 48

Sebastião Sousa Santos, inspetor, 45

Sergey Biryuzov, marechal, comandante das Forças de Foguetes Soviéticas, 103, 137

Sérgio José Maria, um dos guarda-vidas que encontraram o corpo do embaixador Ilya Tchernyschov, 45

Sidney Souers, contra-almirante, vice-chefe da Inteligência Naval no final da Segunda Guerra Mundial e o primeiro a ocupar o cargo de diretor de Inteligência Central, 96

Sierra Maestra, cordilheira em Cuba que serviu de trincheira para os guerrilheiros cubanos e local em que Fidel Castro proclamou a vitória dos revolucionários, 32

Simferopol, Crimeia, 59, 97

Sra. Tchernyschov, funcionária do Ministério do Comércio Exterior da URSS, 52

SSU, *ver* Unidade de Serviços Estratégicos (Strategic Services Unit — SSU)

Suape, Pernambuco, 104

Tad Szulc, correspondente do *New York Times* no Rio de Janeiro, 91, 136

Tania Larskov, mãe de Valery Larskov, 60

Terceiro Reich, Alemanha nazista, 81, 134

União Soviética (URSS), 33, 34, 47, 51, 52, 61, 81, 85, 86, 92, 119, 128, 133, 134, 135, 136, 138

Unidade de Serviços Estratégicos (Strategic Services Unit — SSU), 95

USAID, *ver* Agência dos Estados Unidos para o Desenvolvimento Internacional (U.S. Agency for International Development — USAID)

Valery L. Larskov, assistente particular do embaixador Ilya Tchernyschov, 43, 44, 46, 52, 55, 56, 60, 61, 96, 97, 98, 105, 127, 133, 134, 135, 137

Vernon Walters, general, adido militar, 111, 114

Vladislaw Tchirkov, assessor militar e funcionário da Embaixada da URSS no Brasil, 44, 105

William Shakespeare (1564-1616), dramaturgo inglês, 129

Winston Churchill, primeiro-ministro do Reino Unido, 81

Yalta, Crimeia, local da conferência de 1945, 81, 134

Este livro foi composto na tipografia Berling LT Std,
em corpo 11,5/17, e impresso em
papel off-white na gráfica Plena Print.